八重洋一郎 詩集

日毒

コールサック社

詩集　日毒

目次

詩集

日毒

八重洋一郎

闇

やはり　それは通信であるにちがいない
オリオン
10月３日午前５時　ななめ
うえには　旧暦８月18日の月　それにまけずに
輝いている
九月も末になって吹き荒れた台風
瞬間最大風速50・３ｍ
枝々の葉っぱはみな吹きとばされ　冬を待たずに
裸かとなった木々　その差しかわす細かい
きっさきの隙まから　さまざまな図形をえがいてしっとりと

星々がきらめく　そしてそれらの間を抜け出るように
ひときわ明るい
天体よ！　私は一晩じゅう寝られなかった
悪意と傲慢　狡猾　卑劣　いわれなき蔑視が狙いすました
いくつもいくつも理由あるという　鳥の名を持つ
悪魔の襲来　この詐欺師《ぺてん》どもの確信犯の激しく醜い刃に刺され　私は
一晩じゅう寝られなかった　あまりの煩悶　息苦しさに
夜気を吸おうとそっと
玄関の戸をあけたのだ

私が平和であれば
天体も平和である　だが　私が乱れても
天体は静かである

三つならんだ星の腰帯《こしおび》をしっかり締めて月にまけずにキリリと輝く
狩人《かりうど》よ　この重いどん底のどこかにどんなに小さなものでもいいから
希望を探り出してはくれないか
毛筋ほどのものでもいいのだ　それとも
あなたは空の上　ただ天体の意志なき非情に美しく輝くだけなのか　あるいは
明日にも爆発するかも知れない
ペテルギウス　その
危うさの一瞬の
永遠　天体の永遠をはるかにささやくだけなのか
いや　いや
オリオン　それはやはり
通信であるにちがいない　たとえそれがわれわれの二重三重にわたる絶望の
希望への必死の悲鳴にすぎないとしても　生きているからには
生きていかざるを得ないこのわれわれのもっとも深い胸中《ふところ》へとどく

静かな勁い通信であるにちがいない　私は今　地上でほとんど乱心しているが
玄関の戸をあけた
夜明け前の涼しい
闇　散り敷く星々の間を抜け出てひときわ明るい
オリオンよ　あなたは
やさしさ
天体の美しい平和！

註　二〇一二年十月一日午前十一時六分　日米両政府によって　米軍・海兵隊の垂直離着陸輸送機オスプレイが沖縄普天間基地に強行配備され　その一番機が到着した　日本語で猛禽〝みさご〟を意味するこのオスプレイは未亡人製造機とも言われ多数の兵士が事故死している

沖縄全住民は怒りと不安におののきその配備に抗議しているが　日本国首相はいとも簡

単に米軍の意向を了承し　これは日本の安全保障上重要であると発言した　沖縄はまたしても安全保障という口実の犠牲に供されたのである

沖縄はただ沖縄という陸地があるのではない　そこは百四十万余の人間が生きている生活の場なのだ　この生活の場の頭上百五十米（東京タワーの半分、スカイツリーの四分の一の高さ—低さ?）を常時轟音と共に又低周波音を伴って危険輸送機オスプレイが飛ぶのである

四ヶ月経った　政権は変わったが状況はますますひどくなるばかり　オスプレイは轟音とともに低空飛行訓練を繰り返し二〇一六年までには嘉手納基地にも配備され三十機以上となり　海兵隊は二万人に増強される

今日は二月三日　旧暦一月二十三日　下弦の月が天ににぶく光っている　まだ暗い樹々の間を折から七時を告げる梵鐘の音　ボ〜ン……　まるで歌舞伎の世界だが　ここ沖縄ではオスプレイの異様な姿と轟音に六十八年前の戦争地獄の記憶が抉り出され　年老いた人々に晩発性PTSD発症が増えている

人々

ある日の新聞の小さな記事
一人の人物の帰還の物語である
ハワイから位牌となって帰ってきたその人物
はるばるとその昔　出発したのは中国（当時清国）福州の琉球館へ向けてで
あった

時は光緒《こうしょ》二年（明治九年・西暦一八七六年）　さよう
日国　明治政府が軍隊何百人かを派遣して琉球国を劫奪しようとしていた
正にその頃である
彼は琉球国の存亡を担って中国清朝政府へ

琉球救出の嘆願に趣いた紫巾官であった

ここにもう一人の人物がいる　彼は光緒八年（明治十五年・西暦一八八二年）旧暦五月与那国から石垣への帰島の際　暴風雨に遭遇　航路を大きく外れかろうじて中国大陸に漂着　その沿岸を漂流　やがて中国官憲の保護指示のもと福州琉球館へたどりついた八重山の一下級士族である

もう一人の人物がいる　琉球王府派遣の国費留学生として北京国子監に学んだが祖国の危難を憂い嘆き　今は琉球館に悶々として日々を送迎しているのである

さらにもう一人の人物がいる
日国　琉球侵入以来　各島々は如何になったか　その変貌を琉球館の人々へ注進しようと台風の為の漂着と偽って来閩《びん》した八重山島の役人である

閩《びん》とは大河閩《びん》江が流れる福州の別称　その琉球館には四十余名の憂憤の人々が寄寓滞在　彼らは異郷の地にあって祖国を患《うれ》うる一念から互いに敬愛尊重相和し　身分を問わず上は紫巾官から下は無役の軽輩まで一致協同していたのである

さて　八重山からの報告を聞き　彼らは書く
「…光緒五年日人が琉球に侵入し国王とその世子を虜にして連れ去り国を廃して県となし…只いま島の役人が　君民日毒に遭い困窮の様を目撃　心痛のあまり危険を冒して訴えに来閩《びん》…」

資料をあさりつつ　今　私の視線は
あの与那国からの中国沿岸漂流者　琉球館に於いて両先島《さきしま》分島問題等々の情報に接し憤激の志士と化した一八重山人がいずれ後の為にと何処《いずこ》かに隠匿して持

ち帰った

清朝列憲への「泣懇嘆願書」（控《ひかえ》）その文言

就中「日毒」の一語に吸い着けられて離れられない

註

琉球館　正式名「柔遠駅」。福州にあった中国の施設であったが、主に琉球の人々が使っていたので通称「琉球館」と言った。

先島分島問題　日本が中国へ日本を西洋列強と同じように最恵国にするよう要求し、その代償として先島二島を中国に割譲するという案。（米国第十八代大統領グラントによる斡旋案）。調印寸前であったが日清戦争が勃発。うやむやとなった。

紙綴《かみつづれ》

わが高祖父は明治初頭　この南の小さな島の書記　文書保管係のよ
うな役を勤めていた模様　当時のメモが一枚だけ残っている　それ
はキラキラ光る特殊な漉き紙に書かれているからメモというより
「写し」「控え」あるいは「書き損じ」であるかも知れない　一文字
だけ訂正の跡がある　島の高級役人から首里王府　いや直接　琉球
中山王《ちゅうざんおう》へ宛てられたものらしく　その文体は漢文　和語　沖縄方
言まじり　そして石垣島方言を何とか当て字で漢文めかして書いて
あるので　私には殆ど読めないが　おぼろな内容は察せられる

まず初めに世子誕生の賀が述べられ　これで我が国は愈々安泰　礎

が固められたと記され　然し乍ら　と語は継がれる　先年　我が琉球国にも黒船が来航　それは　大大和《うふやまと》をも直撃し恐喝し　御蔭で彼の地は大混乱　やがて将軍様は覆《くつがえ》され　天子と称する御方が天下を総攬する事となったが　それは稀に見る大奏功　今や大和は威力充溢　武力旺盛　それはまた我が国にとっては容易ならぬ事態である　というのは我が国は慶長以来　薩摩　徳川に監視され苛斂誅求され　塗炭の苦しみを舐めさせられてきたが　その「日毒」が今やまた新たな姿となって我々に浸み込んでくる惧れがある　返す返すもこの国は民百姓一人一人に至るまで気を張りつめねばならぬ　私共は斯様《かよう》に覚悟しております故　王に於かれては御心安らかに消光くだされたく…　続いて書を了えるための煩瑣な文辞が重ねられ恐惶頓首頓首で閉じられている　その恐惶の「惶」の一字が訂正されている

他にもう二三枚　粗末な紙の綴りがあって　これは前書とは異なり別の筆跡で　呟きのようなかすれた崩し字　書き手は誰であるか全く想像がつかない　以下その大意である

琉球王朝は滅びた　王府と言っても四百年前　前王尚徳から反乱によって王権を簒奪したにすぎず　前王の世子妻女まで悉《ことごと》く殺している　更にそれ以前の王統と言えども武によって他を圧したにすぎず　その花飾りとして唐の国の冊封を受け威を張ったにすぎない力というものは須《すべから》く不公平なもので使用人から身を起し成りあがり　主家への裏切り謀略によって王となった者でも　その出身地伊是名　伊平屋島は無税　我が島は酷《むご》い人頭税を課された　従って島人は王府滅亡に依り「琉毒」から脱れられるとも思ったが　姿を変えたもっと悪性の鴆毒《ちんどく》が流れ込んできただけであった

今　大和は清国に勝ち　髭を捻り太刀を叩き意気揚々と武張ってい
るが　あと七十年もすればどうなるか分らない　今　大和人が　悉《ことごと》
く恐れ敬っている　あの道教漢籍から無理矢理抉《えぐ》り出し　潤色模造
した称号もどうなるか分らない…

日毒

ある小さなグループでひそかにささやかれていた
言葉
たった一言で全てを表象する物凄い言葉
ひとはせっぱつまれば　いや　己れの意志を確実に
相手に伝えようと思えば
思いがけなく　いやいや身体のずっとずっと深くから
そのものズバリである言葉を吐き出す
「日毒」
己れの位置を正確に測り対象の正体を底まで見破り一語で表す
これぞ　シンボル

慶長の薩摩の侵入時にはさすがになかったが　明治の
琉球処分の前後からは確実にひそかにひそかに
ささやかれていた
言葉　私は
高祖父の書簡でそれを発見する　そして
曽祖父の書簡でまたそれを発見する
大東亜戦争　太平洋戦争
三百万の日本人を死に追いやり
二千万のアジア人をなぶり殺し　それを
みな忘れるという
意志　意識的記憶喪失
そのおぞましさ　えげつなさ　そのどす黒い
狂気の恐怖　そして私は
確認する

まさしくこれこそ今の日本の闇黒をまるごと表象する一語
「日毒」

手文庫

その時すでに遅かったのだ
祖母の父は毎日毎日ゴーモンを受けていた
にわか造りの穴《ミィー》のある家
この島では見たこともないガッシリ組まれた
格子の中に入れられ
毎朝ひきずり出されては
何かを言えと
迫まられていた　そしてそれは
みせしめに　かり集められた島人たちに無理矢理
公開されていた　荒ムシロの上で

ハカマはただれ血に乾き　着衣はズタズタ
その日のゴーモンが過ぎると　わずかな水と
食が許され　その
弁当を　当時七才の祖母が持って通っていたのだ
祖母の家は石の門から
玄関まで長門《ながじょう》とよばれる細路が続いていたが
その奥はいつも暗く鎖され
世間とのあれこれはすべて七才の童女がつとめた…
こんな話を　祖母は　全く
ものの分らない小さなわたしにぶつぶつぶつぶつぶつつぶやき語った

祖母の父は長い厳しい拘禁の末　釈放されたが
その後一生一語として発声することなく
静かな静かな白い狂人として世を了えたという

幾年もの後　廃屋となったその家を
取り壊した際
祖母の父の居室であった地中深くから　ボロボロの
手文庫が見つかり　その中には
紙魚に食われ湿気に汚れ　今にも崩れ落ちそうな
茶褐色の色紙が一枚　「日毒」と血書されていたという

黒い声

それは石よりも固い冷酷非情の顔の下からつぶやかれた
仮面ではないその顔は口の中にぬらぬらと真っ赤な舌を含んでいるのだ
二枚　三枚　四枚……　と
三千年の連綿たる遺伝の後に　今　極まる
この発語！　しかも
それは華麗な文飾がほどこされ　己《おのれ》が己《おのれ》に酔うため以外の
主語はない
《無人称》
はじめからありとあらゆる責任回避が仕掛けられ
幾重にも重なった暗い帳《とばり》の内にひびく
ただひとつの文言《もんごん》は

おのれさえ燦然と永《なが》らえ得《う》るならば　われには
あらゆる裏切り
あらゆる虚言はゆるされてある　というあまりにもおぞましい
卑劣な業《いのち》の痙攣であった
人間を嘲弄し　人間を道具化し　軽蔑しながら
人間をおだてあげ　あおりたて　闇へ闇へ駆りたて駆りたて
自《みずか》らは一切の倫理の負荷からまやかし逃れ　穴深く埋《うず》めかくした
重い血腥い歴史の奥で
ひたすら
主語のない「己《おのれ》」という底知れぬ魔性に溺れる
黒い声

やがてその声が剝き出しの恥もない意味を綴り出す

血の海

それはある帝王が病まれ盛んに下血されるので
それを補うために準備されたものである
見はるかす茫々たる血の海
その出所《でどころ》は？

ある女王は一月《ひとつき》ごとに全身の血を入れ換え
もう九十を過ぎたというのに
肌もつやつや
いつもニコニコお元気である
その腐敗した血はどこへ流れ去るのか

新しい血の出所《でどころ》は？

引用によって

「歴史というのはぼくがなんとか目を覚ましたいと思っている悪夢
なのだ」（スティーブン・ディーダラス）
だが　いつも　どこまでもぼくを追撃してくる夢々《ゆめ》

歴史は血の海
膿《うみ》の海

「最善を尽して最悪を招いたのは私たちが初めてではありませんわ
お父さま」（コーディリア）

そうだ　全き死を挙げてつきぬけていくもの
「汝は　それである」（ウパニシャッド）

詩表現自戒十戒

――守られたことのない――

一、できるだけ多方面のことを学ぶこと。できるだけ多様の事象に注意すること。なぜなら思いもかけない連結が新しい現実を提示するから。渦巻星雲、台風、頭の旋毛《つむじ》、木の虚《ウロ》に群がり寝ている毛虫たちの赤い渦巻き、指紋。

二、群れてはならない。群れることの安易と安堵は仲間意識という排除と傲りと停滞を生み出す。孤独と孤独は清らかに共鳴する。

三、品格あるべし。せっかく日常を脱出しようとの試みである。新大気圏を創るべし。

四、偶然は恩寵である。我々が生れてある偶然、宇宙が存在することの偶然。何んの意味もないこの世に於てただ書くことだけが慰めであることへの絶望的信頼。しかし恩寵を期待してはならない。

五、表現は即ち自我の延長であり、それはあるいは罪であるかも知れないとの陰翳をたえず持つこと。白刃の上の独楽。

六、語彙、リズム、構成に徹底的にこだわること。最適語彙、最適リズム、最適構成はあり得る。それへの無限接近。無限近似。

七、カンヅメになった現実を食べてはならない。たとえ中毒のおそれありと言えども、生《なま》の現実を喰《くら》うべし。

八、山上の垂訓に対して底の底の地獄の底からの発声。実はイエスは人間の実相の底の底から価値転換を目指して理想を語ったのである。山上はその理想の高さ。天国は地獄の真下に。

九、それを書くことによって自己に責任が生ずるような詩を書くこと。いつでも何にでも通用する旨《うま》さは欠陥である。

十、詩とは一滴の血も流さずに世界を変えること。即ち、人々の感性にしみ入りその人格をゆすぶり、そのことによって社会を世界を変革する。その覚悟と使命感を持て！

附

一、詩は小説でも戯曲でも批評でもない。大は宇宙、小は素粒子に至る森羅万象、人間存在のあらゆる思想、意識、関係を対象とし、しかも無始無終、複雑な時の流れの中に、永遠の今を探ることのできる唯一の言語芸術である。

二、言霊《ことだま》があるとは言わない。しかし言葉は意味であり、声であり、リズムであり、響きであり、形姿《かたち》であり、陰翳であり、重さであり……連関であり、論理であり…そしてそれら全体の現象がその言葉の生態であり動態である。即ち言葉は詩人のいかなる表現意図にも万全に応え得る。もし詩がつまらなければその責任は詩人にあり、言葉にはいかなる落度もあり得ない。

さんすう

簡単な計算
7×10＝70
7＝敗戦日本被占領期間
70＝米軍圧政下の沖縄　やがて裏側からそっと
日本も加わり　+1　+2　+3……+∞？

証明

戦艦大和出撃と
離島奪還作戦は相似である

1、時代遅れ
巨艦巨砲主義は航空爆撃にお手上げ
世界は第六次情報撹乱戦に入っているのに
こんな小さな島の争奪戦とは

2、その作戦に合理性なし
戦艦大和はただ出撃することだけが目的であった
離島奪還作戦はその離島（石垣島だ！）が敵に制圧されてから
作戦が始まる

いずれも目標を失い戦闘自体が目的化されている

3、住民無視
戦艦大和が沖縄沖に到着しその巨砲を全開したら
狭い狭い島の中　日米両軍の砲撃空襲のもとで　いったい
住民はどこに逃げればいいのか
離島奪還作戦は敵のミサイルをこの島に集中させ　その攻撃力を
消耗させ　その後に反撃が始まるのである
即ち住民は作戦発動以前に全滅していなければならない
両作戦とも軍の横柄な論理のみ先行し肝心の住民が全く無視されている

故に命題は証明された

襲来

この南国に　時ならぬ
寒気　夜明けが凍り
天井から落ちたヤモリは動けない　ハブさえも
その冬眠の中で　死の
夢に剔られる　罅割れる大地《ウフヅィー》
海では急激に狂った気圧のせいで　小魚大魚が内臓が
破裂して
荒浜へ打ち上げられる

たった五十年前

キューバ危機――
もうみんな忘れてしまったかも知れないが
世界は二つに割れて震撼していた　在京貧窮学生　私の心も
罅割れて　一日一日　私は何かの寸前であった
「あの島はもう一欠片《ひとかけら》も残さず砕かれ焙られ蒸発しているのでは…」
「もう無くなっているのでは…」
小さなラジオに齧りつき「基地満載のわが故郷」
周囲には杞憂とひやかす冷たい笑いが漂っていたが
かの時の米兵は今になって語りだす
「自分たちは毎日毎日　核弾頭付きミサイルの発射準備をしていた
発射するには数々の暗号があるが　ある時それが皆一致し発射寸前
標的地が違うと気付いた司令部から緊急命令が届き　発射は取り止め　自分たちは世界の終りだと思っていた」
七十年前　二千万のアジア人をひたすら殺し　三百万人の国民を

教唆し死なしめ　侵略軍国欲望のはて
原爆を二度浴び　やっと終ったはずではないか
あの光り輝く真夏の狂気
神話は恐ろしい　たった七十年経って　一切忘却　ひと稼ぎ稼ごうと
戦前生産まるごと再起　よみがえる
神々のあの暗い底なし穴にわれもわれもとなだれ込む
剝き出しの徒党

急激に狂った気圧　万世不朽類い希なる神の国の
まっ黒い寒気が轟轟と鳴りわたりたちのぼり
「楯となれ」「防壁となれ」
「生餌《えさ》となれ」「捨て石となれ」
暗黒畳々　一天落下
きんきん凍った金属声《ごえ》がぎっしり固まり棘《とげ》となって

この南海の島々を襲う

写真

ＹＲ氏は　元ＯＴ紙の政治経済部デスク　今は
フリーライター　兼　大学非常勤講師

その重厚豊富な知識　犀利精緻な分析　そして決して外に表わさな
い秘められた激しい怒り　私は兼々
氏の著述に感銘していたので機会を捉えて直接聴講に行く

プロジェクターによって写し出される
様々な地図　統計　兵器　隊員　輸送手段　その能力　等々
正確な資料を積み重ね次々に分析解説される異常な事実

「沖縄に駐留する米軍の七割は海兵隊　海兵隊には足がない　その足は遠く離れた長崎県　佐世保港…」

「抑止力とは皆嘘偽《ユクシ》」

「初めての民間出身防衛大臣（彼は軍事専門学者）曰く　沖縄の基地は富山―静岡を結ぶ線の日本の西半分なら　どこへ移転してもその能力が落ちることはない　ただ　政治的に許容されるところは沖縄しかあり得ない」

「誰が一体許容しているのか」
「沖縄問題はすべて日本国の沖縄への政治的差別に起因するのです…」

これを見てください

七十年前の沖縄戦　五十四万の米軍に囲まれ　弾薬　食料　皆尽き
はてて　大田海軍少将の大本営への最後の打電
「…沖縄島ハ一木一草焦土ト化セン　糧食六月一杯ヲ支フルノミナ
リト謂フ　沖縄県民斯ク戦ヘリ　県民ニ対シ後世特別ノ御高配ヲ
　賜ランコトヲ」
かくて彼は豊見城《トミグスク》の海軍壕で六月十三日自決したが　その日東京で
は大相撲の千秋楽　中入り前の土俵上　幕内力士の勢ぞろい　大勢
の見物人が雑踏し　その贔屓《ひいき》力士に呼びかける粋な声さえ聞こえて
きそうな賑やかな　一枚の
写真

YR氏　ひと言

「これって今も続いているのですよ　ねッ」

七十年後の今になっても　死者全員が地獄の底で歯軋りし
死ぬことができないこの国のどす黒い闇《やみ》黒

赤い原点あるいは黒いメッセージ

必死に彼は考えた
処刑を逃れ　なんとしてでも己れのいのちを護持する法
まず　すり寄ること　徹底的に隷従すること
昨日までは「鬼畜米英」
本日からは「めぐみたふとし」
何はおいても第一に「私から　私から」
私のいのち　私のいのちをこそ　確実に
護持しなければならないのだから

世界中（日本以外の）

あちらこちらに湧き上がる断罪の鋭い声々　彼は怯え
ひたすら必死にひねり出す
昨日の敵将　今日は赫《かが》う
圧倒的征服者　その征服者と降伏者「我」とのなんとか探り出したい
共通する敵
「民草を裏切るほかなし」「英霊をだますほかなし」
「人民を騙《かた》るほかなし」
己れの発した
これまでのすべての言辞をかなぐりすてて
貧弱な　水っぽい頭が　やっと見付けた
新しい敵

平服赫う征服者　礼服に身を凝《こご》らせた降伏者「彼」の
あまりにもえげつない私利のみの謀言を片腹痛いと

冷笑したが　瞬きもせず素早く計算
その真っ赤にふるえる舌の根をよくよく聞けば
驚く勿れ　わが懐中《ふところ》に思いもかけず転がり入《はい》る
信じられない壮麗供物　亡霊生贄《いけにえ》
極大利益

「アメリカが沖縄を始め琉球の他の諸島を軍事占領し続けることを希望する」
「それはアメリカの利益になるし、日本を守る」
「左右両翼の集団が台頭しロシアが〝事件〟を惹起し　それを口実に　日本内
政に干渉してくる」

「アメリカによる沖縄（と要請があり次第他の諸島嶼）の軍事占領は日本に主
権を残存《リテインド》させた形で——長期の——二十五年から五十年ないしそれ以上の
貸与《リース》をするという擬制《フィクション》の上になされるべき…」

ぬけぬけと赤い舌して
凍りついた青白いポーカーフェイスの卑劣の底から
ぬけぬけと
ぬけぬけと…

美しい三段跳び或いは変格三段論法

地域限定戦争は不可能である
必ず　それはエスカレートする
火に油を注ぐ死の商人がうじゃうじゃ　焼けぶとりする
国がゴロゴロ　恥もなく露骨に
防衛費増大を策してニタニタ

極度に発達した武器　通信
化学　生物　物理学兵器　それら軍事技術の神経過敏は必ず
世界規模　核戦争まで拡大する
（作られた兵器はすぐさま出番を！　とウズウズ）

宇宙さえ重装備　入り乱れる軍事人工衛星　その精緻
その複眼　その遠視

それ故　たった一つの岩山　たった一つの小島といえども
それを得ようと争ってはならない

尖閣は領土ではない
尖閣は領海ではない
それはさまざまな人たちの
（沖縄　台湾　韓国　中国　漂流者…）
日々の暮らしの倹《つま》しい糧を得るところ
それは鎮魂
ひたすら平和を祈る島

卑劣　陋劣
自らは安全地帯の奥深くぬくぬくと潜みかくれ
国益　公益　独立自衛のためと称して　自分自身の
莫大な私益を追求
穏やかな静かな海に嵐を呼び込み　他人《ひと》の命を死にさらし
そのえげつない性《さが》　そのどす黒いただれた底意地を手練手管で
厚化粧し　誘惑の甘いエサをまきちらす

車が止まり　銃声がひびき　必然の事故
その一瞬のテロからたちまちひき起こされた

第一次世界大戦
（文明の進化と共に人類の欲望は累進）
それは資本主義後進国が資本主義先進国へその利益の

分け前を求めての憎嫉的挑戦だったが…
（利益とは具体的には植民地　その地に住んで植民される側に
とっては　相手がどこでも　まったくたまったものではない）
（人の心は領土ではない）
（人の心は植民できない）
両陣営の戦線は到るところ膠着し　遂には何のために
戦っているか　それさえ分からず　それでも戦いは続けられ
うぶな純心な若者たちは〝数〟として〝物量〟として　その
最前線に投げ込まれ次から次へ消えていった

そのあまりの悲惨さに「戦争」という現象は以後人類史から
放逐されねばならないと諸国各国は誓ったが
たった二十五年で更なる必然の事故とも言うべきある人物の
出現により

第二次世界大戦が文明の粋を極めて大爆発　それに便乗
暗愚　珍奇　無明国もその自惚《うぬぼれ》により他国への侵略戦争をひき起し
無条件降伏　徹底的に敗北したが　以後70年…
（戦勝国にはねちねちこびて）
（周辺国の動乱を栄養源とたっぷり吸い込み）　今　また
全国家的記憶喪失　無責任無恥無重力　亡霊国家の姿を現す

人類は最終ジャンプを欲しているのか？
いやいや　世界は学び始めている
それはそのまま人類消滅　地球崩壊　学ばないのは
感覚　知性　人格　倫理　それらすべてを投げ捨てて
欲につられ欲望に塗れ　ガツガツガツガツ餓鬼道を真逆さまに
転落し劣化し続けるいじましい妄想国のみ

謀られた危機　つくられた危機　仕掛けられた
生き餌　生き餌にされた
危機満載の国境の島　尖閣は慄えている

いつ事故が起こるか　いつ砲弾がとび交《か》うか
どんな小さな擦《す》れ違いもそれが起こればたちまち世界は
連鎖反応　最後の美しい大跳躍
瞬間戦争―第三次世界大戦―
人類滅亡！　地球壊滅！　惑星が一つ欠ければ
太陽系もキリキリ失調
軌道距離　七十三億八千万キロにわたる
大混乱

尖閣は領土ではない
尖閣は領海ではない
それは　海の底へのはげしい鎮魂
ひたすら平和を祈る島

亡国

かつて女子学生亡国論というのがあった
その前にある作家が堕落論を必死で書いた
それよりその前に　ほんとうは　敗戦の瞬間
天皇自らが亡国し堕落するべきであった
人間であるのに人間宣言なんかして
帽子振り振り日本全国　津々浦々を行脚した
（いや　主戦場　沖縄には来なかった）
亡国も堕落もできず　死ぬことも退位もならず
信じられるか　これが昨日まで御稜威輝き白馬に乗って
鬼畜米英と叫んでいた御当人陛下だ

大元帥だ
鬼畜米英に身を屈し
米軍が沖縄を占領し共産革命に対峙するのは　我が国と
米国の共同の利益でありますと伝えた　神様だ
生命の危機とあらば　神様も媚びるのだ
真黒い舌を出し　にょろりひょろり　くねくね
大喜びの鬼畜米国　法廷のかわりに憲法制定
カイライ象徴を製造し　かくて
亡国はまぬがれ　一切は堕落不可能
さよう
責任感覚　他人への心からの関心
自由に己れを貫くその緊張感　充実感…
これらすべてを失ってしまった　かくて
鬼畜米英の奴隷となり日本人は皆まるまるまるまると太る

懐しい歌　我が国の精髄　大和歌はうたう
　あめりかのめぐみたふとしかくばかりふとりしことは
　いまだあらなく…　（太った豚は食べられる）
若者よ　成人よ　中年よ　老人よ
あなた達が今　すべての欲望を手にしたが
希望だけはどこにも見当らないと言う　これがその
原因だ　あまりにもやさしい計算
亡国　その空白
堕落　その絶望　それら裸の危機のみが
意志　行動　愛　深い熱情を生みだすことができるのだ
国は亡びても人間は滅びない　滅びへの道は
過剰繁栄　自己肥大　利益防衛　無恥倨傲
亡国も　堕落もせずに　真っ黒な舌で生きのび
その底のない咽喉《のど》の奥のどす黒い巣の中から次から次へ

粘液のような黒蟻が吐き出され　毛筋のような触覚で
この世のすべてにやわらかく触れる
（チリチリ　チリチリ　誰にもわからない化学反応）
あの人の頭にもこの人のことばにもねっとりねっとり
歴史の渚　始めから終りまで　いつもいつも
ごまかしの国　なりゆきの国
天の上からふりそそぐ黒い雨　人の舌からいつまでも
黒い蟻

敗戦七十年談話

——沖縄から——

めちゃくちゃですね　一番ひどく痛めつけられたところが　もう一度さらに痛めつけられ　それが未来永劫ずっと続く　というのですから　腹《はらわた》が煮え繰り返るようです　本土防衛の捨て石とされ街々は壊滅　山野は変容　住民はその三分の一が落命　「カクタタカヘリ」　勇敢に正直に正《まさ》しく動物的忠誠心をもって戦い　この有様です　翻って御稜威《みいつ》輝く絶対最高責任者は自分で命令し我々を戦わせておきながら　敗戦となるや　たちまち変心　自ら鬼畜と言わしめたその鬼畜たる元帥に平伏し　「命《ヌチ》ど宝《ドウタカラ》」「命《ヌチ》ど宝《ドウタカラ》」　沖縄を捧げますから　どうぞどうぞ「命ばかりはお救けお救け」　当時ですから処刑の虞もあったとは言え　あれはどう見ても　完全に私

益（セルフ・インタレスツ）から出たもの　以後我々は七十年間
米国・米軍の圧制下　十重二十重《とえはたえ》の奴隷であります　一方　かの絶
対最高責任者は責任どころか　処刑どころか舌先三寸の効験著しく
　帽子振りふり　美しいシンボルとして安らかに一生を了えられた
のであります　そして今また沖縄に辺野古新基地　既に極東最大の
嘉手納《カデナ》基地以下数々の軍事施設を押しつけられているというのに
現日本政府は毎日毎日「軍隊は住民を守らない」ことを実践証明し
ています　他人への想像力なし　分析・論理力なし　一欠片《ひとかけら》の倫理
観もありません　あるのは　只々　蒙昧　奸知　まっ黒い自己陶酔
ばかりです
腹わたが煮え繰り返るあまり　その怒気噴気に熱せられ　脳髄はつ
いつい北の大地の激情を思います　トルストイは「戦争と平和」を
書きました　それはあまりにもの権力の暗さに皇帝暗殺を謀り失敗
し　二十五年のシベリヤ流刑となった近衛将校達　デカブリストの

反乱の前史です　反乱のいきさつや裁判その他何ひとつ書かれていませんが　ピエールは反乱へ参加し　ナターシャはその夫を追って極寒地に二十五年を過すことがはっきり浮び上ってきます　その政治犯の夫人たちの一人から聖書を贈られた　これまた政治犯流刑囚ドストエフスキーは畢生の大作「カラマーゾフの兄弟」を書きました　その最終章は「イリューシャの埋葬　アリョーシャの別辞」（おお　何たる共振！）　アリョーシャが極貧の少年イリューシャの葬儀に参加　その時のアリョーシャの言動が細かく述べられています　期待される次の章はなく　小説は未完ですが　未完ではありません　その訪問の後　アリョーシャは直ちに皇帝暗殺を企てその場で射殺されてしまうのです　あるいは彼は捕えられ三十年のシベリヤ流刑の後　偉大なる更生者　ロシヤの大地　いやいや人類の光となって還って来るかも知れません
ドストエフスキーはその後について何ひとつ書いてはいませんが

小説冒頭　あのヨハネ伝第十二章二十四節「一粒の麦……」が掲げてあります

ひらめ

ほんとのひらめたちにはまことに失礼で
あるのだが　砂の中
その二つの目が両方とも上を向いていることにかこつけて
人間にもひらめがいるのだ
まさかと思っていたのだがほんとにそいつが
福岡高等裁判所那覇支部の
法廷に出現したのだ
しかつめらしい顔をして一瞬さえも忘れずに
上を向き上を向き
判決を読みあげる　まるでそれは　いやいや

まるっきりそれは政府の答弁
大きな目玉がキョロキョロ光る　上を向いて
キョロキョロ光る
いいですか　いいですか
私は何十年も裁判官を勤めてきたが
こんなにすっきり判決したのは初めてだ　初めてだ
何しろあいつらはあいつらだからな　心おきなく
判決つくった
見てくれ　見てくれ　高い高い
最高裁判所よ　私の目玉はこんなに大きく
あけっぴろげであなたを見ている　上を見ている
ひらめ裁判官の名に恥ずることなき　全身全霊を込めて
論理なんか気にするものか　倫理なんか気にするもんか
正義なんか気にするものか　かくも聡明なその人よ

ひらめ裁判官の名にし負う
あいつらの戦争経験なんかわっかるもんか
あいつらの苦しみなんかわっかるもんか
あいつらの悲しみなんんか
わっかるもんか　わっかるもんか
つい前回の裁判の時には少しわかったふりをしたけどな
したけどな　言っておくが　何度も言うが　ひらめ
ひらめは俺だけじゃないのだぜ
ひらめ日銀総裁　ひらめ法制局長官　ひらめ国会議員
ひらめ閣僚　そして口も開けずにペラペラペラペラペラ
どこぞの上向き
ひらめひらめの総理大臣
何しろ東京上空空域はみんな上様に握られているからな
この国はみんなあの国のひらめ

俺は見事にうすっぺらいひらめの頭《かしら》
日本国　われらはみんなあの国の使い走り
俺こそ最もよく走る
ペラペラペラペラペラ　ペラメペラメ　ペラペラピラメ
ヒラメだよ　ひらめだよ

ひらめの学校

日本国最高裁判所はたった十七秒で福岡高裁那覇支部の
あの判決を追認し　自《みずか》ら
日本国最低裁判所であることを立証
かくて三権分立固く癒着し　理念崩壊　恐怖の
白痴的一元権力赤裸に出現

最高裁　エリート中のエリート　超エリート
その判事らが自《みずか》ら悖徳背任実行し　ひねりくねった
裏切り技術をよく学んだ　ひらめの学校がどこかに確実に存在する

それは陸地近くの美しい海の底の砂の中にあるのではない
（砂の中ではほんとのひらめがゆっくり横臥）

みえみえだ！
日本国中　ひらめの学校

山桜

——敷島の大和心を人問はば朝日に匂ふ山桜花——

沖縄島中部《じま》
平和市《うるま》にある米軍キャンプ・コートニーの一場面
床には部屋いっぱいに石垣島　西表島　宮古島　その他辺りの島々の
大きな地図が広げられ
ぐるりを米軍海兵隊　日本自衛隊幹部が
あの迷彩色の軍服に身を固めらんらんと眼を光らせて取りまいている
指揮官とおぼしき丈《たけ》高い一人がピッタリ履いた軍靴を鳴らし　地図の上を
何かを説明しながら得意然と鋭い動きであちらこちら歩いている
日米共同方面隊ヤマザクラ　YS-71 の演習の戦闘予行

米軍は対中国戦争の詳細を念入りに吟味し
その結果は第三次世界大戦核戦争勃発　両国国民殆ど死滅との認識に至り
あまりにも犠牲が大きく　しかも勝敗さえ定かならず　と
今は地域限定戦争の研究にひたすら夢中
中国対その周辺の国々　例えば
中国対韓国　中国対日本　中国対台湾
中国対フィリッピン　中国対……
その作戦は言わずと知れた米軍得意のオフショアー・バランシング（沖合作戦）
ある敵への直接攻撃はせずに　その敵の敵を探り出し
その勢力に武器　弾薬　謀略　資金を大量に投入し肩入れし
敵と敵とを沖合において戦わせ　自軍は戦場から遠く離れた穏やかな海岸で
いながらにして利益と安全を手に入れるという実に狡い旨《うま》い作戦
ホメイニのイラン革命にイラクのフセインを対抗させ

八年間も苛々《いらいら》とイライラ戦争を継続し　その間　思いがけなく
そのフセインが怪物化すると　直《ただ》ちに湾岸戦争　よってたかってフセインを潰し
アフガニスタンへのソ連侵攻に対してはビンラディン率いるアルカイダぶっつけ
アフガン戦争をはなばなしく展開
垂れ流される豊富な資金と次々手渡される最新兵器で
ビンラディンが勝ち続け強大化するとすかさず彼を砂漠の果てまで追い廻し
ついに発見急襲し　さあ　これまでと確実に暗殺する
アメリカは二十年以上も戦争ばかりでそれでも懲《こ》りず
（何しろ利益と安全　死ぬのは貧乏人階層出身の哀れな兵士たちのみ）
（軍事費いよいよ増大し　笑いがこぼれてたまらない）

さて今度はおこぼれ目当ての自発的対米従属国家
サクラ咲く美しい日本国を唆《そそのか》し
秘密保護法可決（させ）　集団的自衛権を解釈改憲（させ）

安保法制・戦争法案二十本をひと束にして可決成立（させ）
武器三原則を撤廃（させ）　防衛予算を異次元的に増大化（させ）
パック・スリー　オスプレイ初め何千億円分の武器兵器を購入（させ）
米軍ついに発動　オフショア・バランシング（沖合作戦）
日本対中国との対決を執拗に迫る

徹底的に自発的対米従属国家サクラ咲く美しい日本国
アメリカという騎士に乗られてよく走る馬
鞭打たれれば打たれるほど勢いつけてよく走る馬　しかしその狡さは親分勝《まさ》り
己《おの》れは決して損しないその原則をたちまちコピー　日本式沖合作戦をひねり出す
それは簡単　それこそ
与那国島　石垣島　宮古島　沖縄島　奄美島　旧琉球域
今はその名も南西諸島　日本ではあるが
日本ではない場所　ここを沖合と苦もなく即決

（こんなところは　戦争以外に使う価値ない）
（住民たちが死のうが生きようが　そんなことは知ったことか）　そしてそれを
うやうやしく米軍にたてまつる
七十年経ってもまるであの天皇メッセージそっくりそのまま
日毒ここに極まれり
（その腹中はどんなに他人を犠牲にしても　自分だけは生き残る）
（血の色の大輪咲かせ己れだけは生き残る）
日毒ここに極まれり

戦場は決まった
あの海域や島々でいかに激しい戦闘があっても　この日本　色かえて
美しい山桜咲く　そのサクラ花弁一片《はなびらひとひら》も散らないよ　戦場から遠く離れた
なだらかな入江重なる沿岸地域　日本国へは決して被害は及ばない
及ばないよう戦場をひたすらあの島々へ局限する

局限するには狡知極まる奸計必要
まずこの狭い戦場にのみ中国をひっぱり出すには尖閣列島が最もいいカモ
生餌《いきえ》だ　撒餌《まきえ》だ　それはすでに用意周到　尖閣問題棚上げ無視し厚顔無知の
無責任心臓が尖閣購入ぶち上げて　日本国中皆国士ぶり
あわてふためき日本国家の尖閣購入　これで尖閣は豊か安全　生活の海から
国家を担《かつ》がされ　危険水域へとなり果てる　そして次に　次々に
抑止力と称して各離島離島にミサイル配備　その照準を中国にきっちり定める
それは実は敵攻撃を真正面に引き受けようと誘導集中するための巨大標的
（抑止力とはまっ赤ないつわり）
島の人間どもには「お前たちを守るのだ」「悪いのは侵略中国」と煽りたてよう
単純な魯鈍ぞろいの細い目のケチな奴らに何が見えるか　少し何かの匂いを嗅《か》
がせ
キンキラキンの大義名分チラつかせ
「捨て石になれ　防壁となれ」「今に敵が攻めてくる　それを止めるのは君達

だけだ」と

言いふくめ我々の手先に育てよう
（我々がアメリカに懐柔されたように）
（我々がよく躾けられ千里を走る馬となったように）
あいつらを天の頂上までおだてあげ単純無類の型に嵌め込み
思考停止　万里の直線を走らせせよう
そのカラクリに気付いた奴は　銃剣突きつけ
「生贄《にえ》となれ」「犠牲となれ」「人間裸かの楯となれ」次から次へと脅迫しよう
絶対抑止力（実は巨大誘導標的）高々掲げ島々に配備した自衛隊基地の
その後ろに米軍はひっそり隠れ顔かくし　だが
指揮権はがっしり握って（自分たちだけの退避手段は誰にも明かさず万全確実）
この戦略体制を一日も早く構築し切れ目なき標的配置
南西諸島を戦場とする地域限定戦争を今すぐにでも始めよう
（ヒヒヒ　日本も中国も死力を尽して衰退するさ

これがわがアメリカ軍の最大利益……)

さあ作戦を煉りあげよう　Let's begin, Be quiet!
You all listen to me!
大声あげて鞭を振りふりあちらを指したりこちらを指したり
指揮官すばやく重い軍靴で地図の上を走り回り
ぐるりの幹部は狂気に燃えて眼をらんらん　時々うすら笑いを走らせながら

指揮官よ　ぐるりの幹部よ
見えないか　君らが踏むたび足もとの地図から血が噴きあがる
振るう鞭から火炎《ほのお》があがる
血塗《ちぬ》られた地図から叫びが燃える
(我らの郷土を軍靴で踏むな!)
ここは人間の住む島だ

家族がいる　子供がいる　老人がいる　仔犬がじゃれる　鳥が鳴く
団欒がある　生活がある　労働がある
ここはやさしい平和《うるま》の島だ
見えないか　人々が懸命に生きている姿が
聞こえないか　深い感情の奥底から湧きあがる歌々を

アッタラサーヌ　カナスファー　（大切な大切な愛し児よ）
ドゥ　ヤファー　ヤファー　スダチョウリ　（身体《からだ》健やかに育ってね）
ナサキ　キュラサ　ナリトウリ　（情緒清らかになっておくれ）
キムヤ　マイマイ　ナリタボリ　（こころは　大きく　大きくなあれ）

聞こえたか
感じないか　すべての自然に自然の背後に万遍なく生きている祈り
日本国自衛隊よ　いったい

君達の山桜は何色か　海兵隊一人一人よ
君達の桜の花はどんな色か
血の色か　火の色か　呪いが込められた狂気の色か
飢《き》の色か　欲望血塗《ちまみ》れ牙《き》の色か

君達暗黒地域限定戦争はたちまち次々エスカレート　失敗連続
連続失敗　もはや
第三次世界大戦　核戦争が始まってしまう
傲慢の極み
愚かの極み
平和《うるま》の市《まち》で邪悪な企《たくら》み
地域限定戦争はパチパチ爆《はじ》ける導火線
導火線　どんな小さな割れ目にもパチパチ入り込む導火線
パチパチパチパチパチパチパチパチパチパチ……

墜落

二〇一六年十二月十三日夜九時三〇分頃
名護市東沿岸
安部《あぶ》
MV型オスプレイ機一機　墜落
大破
その残骸　浅瀬でチャプチャプ毒流し　波と戯《たわむ》れ
直ちに米軍「現場」を封鎖
重っ苦しい回転音響かせ
上空に
捜索ヘリ（これもオスプレイ）

二機　三機

黒い闇を探照灯が臆病そうに照らしている……

…………………………………………………

…………………………………………………

…………………………………………………

解説

石垣島から世界を俯瞰する詩の力
八重洋一郎詩集『日毒』に寄せて

鈴木比佐雄

1

八重洋一郎さんの数多くの詩集や詩論集は、最南端の琉球諸島・石垣島から届けられてきた。それらを読むたびに、八重さんの肉体を切り裂いた鮮血のような衝撃が、目の前に広がってきた。真実を語らなければ済まない衝動が、見てはならないものを現出させてしまうのだ。その切実さは痛みと言うよりも、高祖父から続く沖縄の民衆の激痛に近いものだろう。八重さんの第一詩集『素描』の「素描Ⅰ」を引用する。

くるひゆく　しづけさのほの暗い言葉から／踏む足に／高々と　杉杉《すぎ》聳え　逞しい調べ組む／そよぐ杪にこぼれくる　あきらかな風景よ／空　は／きえ　赤裸に遊ぶ／水笑ひ／かぜ　徹る／彫《う》くはごろもは　日々を切り／蓄む手の　裡に瞑《なが》むるかろらかの盈凝《あふれ》／さみどりは萌ゆ／飛びかう火の／ほ　ひろびろと降られゆくつたはりは／動《ゆ》れて／たまきはる母音さす　恥《やさ》し／ゆび／うなはらを　翻し／戚《かな》しみ　ひらく　壁立は／（略）

このようなどこか懐かしい擬古文の不可思議な魅力をたたえて、私たちの深層に訴えてくる言語体験こそが、八重さんの詩の出発の特徴だった。「くるひゆく　しづけさのほの暗い言葉」に引きずり込まれて、その言葉の中でもがき苦しむことを追体験することが、八重さんの詩を読むことなのかも知れない。故郷の石垣島の光景を見詰めていると「くるひゆく」心境になってゆかざるを得ない宿命を抱え込んでいる。あまりにも正気であるからこそ「くるひゆく」ことになる惨劇を物語っている。そんな「しづけさのほの暗い言葉」を八重洋一郎という詩人が産み出してしまったのだ。聳え立つ杉、「水笑う」浜辺、吹きわたる海風、萌える蕾などが裡から溢れ出てきたことを、八重さんはこのような文体で『素描』した結果がこのような詩篇になったのだ。八重さんは第一詩集を刊行した一九七二年当時は、東京都世田谷で数学塾を営んでいたという。大学で哲学を専攻し、数学にも通じていて、さらにこのような文体を持つ詩篇を書き続けていた八重さんは、日本の周辺から競り上がり日本の首都に辿り着き、さらに世界の根幹の秘密を垣間見てしまう思索力を鍛えているかのようだった。「蕾む手の　裡に瞑《なが》むるかろらかの盈凝《あふれ》」とは、誕生した我が子の蕾のような手を眺めていると、内面の奥底に瞑想する本来的な自己の在り様が溢れ出てきたのではないか。「たまきはる母音さす」とは、魂を極めていくと母音となって言葉が火のように点火されると物語っている。八重さんは石垣島の高校を卒業後に島を離れ、都市の中で暮らすことによって、逆に石垣島で生きているあらゆる存在の意味を再び現出させようとしていったのだろう。

一九八五年に刊行された第二詩集『孛彗《はいすい》』のタイトル詩である長詩「孛彗」の冒頭の詩行を引用してみたい。

ゑけ　あがる三日月や／ゑけ　神ぎゃ金真弓《かなまゆみ》／／天空さしてとび上る声々／躍る肉　苦《にが》世《ゆ》の底に／群がる血族《うから》／青一色に澄みわたる奥行き深き大海に／白波けたててはじける筋肉／たぎる汗　声のかぎりの狂熱に／風は割れ　歴史は剝れ／ああ　けがれなき「時」は／今　大海の舞い深く／肉の底　つきあげる血潮を核《たね》に／大空間にひらかれて／おお　生れたばかりのふるえはじらう青やみに／おお　今浮ぶ金色の利鎌《かま》／／森が裂ける海が盛り上がる／白浜が舞いあがる／ゆらめきどよめきかさなりひしめきとけあう／「声」が／爆発する／（略）

冒頭の二行は十六、十七世紀の琉球王府編纂による古謡集『おもろさうし』の詩行からの引用であり、「ゑけ」とは感嘆詞「あぁ」とか掛け声「いぇ」などの意味と言われている。八重さんが詩を促される時に、古謡の「ゑけ」という感嘆詞が無意識に呼応して表出されてくる。石垣島の静かな大海の奥に八重さんは「苦世《にがゆ》の底に／群がる血族《うから》」を想起してしまい、また「声のかぎりの狂熱に／風は割れ　歴史は剝れ」ることをリアルに透視してしまうのだ。そして先祖たちが背負ってきた「苦世」の苦難の歴史が「声」として爆発的に甦ってくるのだろう。最後の三連を引用する。

ゑけ　あがる凶星《まがぶし》や／ゑけ　神ぎゃ怒り髪！／／予言によって俺がこの世に言いたかったこと／それゆえに　俺がこの世に／はいずりまわらねばならなかったこと／燃えあがる倫理！／もう一度灼かれたいあの星に／／空間は時間へ帰る　俺は／消滅する／空間から時間への／瀧の落下／おお／構造の奇蹟！　あらゆる影の崩壊をしのいで／老いさらばえたわが胸の跡から／激情が噴出する／ああ／ずたずたにひき裂かれ／虚空へひきわたされ　わが／生命《いのち》／虚無と実在　あらゆる位相へしみわたり／存在を消し　遍満し／いい知れぬ／「時」を奏でる

八重さんはこの世をはいずりまわり、「ゑけ　あがる凶星《まがぶし》や／ゑけ　神ぎゃ怒り髪！」（ああ、上がっていく不吉な星、神がお怒りになった頭髪）と言う表現が『おもろさうし』にある表現か八重さんの言葉かは分からないが、琉球国の神歌を予言者のように語り、たとえ呪われた詩句になっても、あえて詠っていこうと決意したのではないか。そのことを「燃えあがる倫理！」とも語っている。「ずたずたに引き裂かれた／虚空へひきわたされ」ていく「わが生命《いのち》」を救済するためには、〈いい知れぬ／「時」を奏でる〉ことが、自らの使命だと告げているかのようだ。その意味で八重さんは自らの存在が琉球王国やその国の官吏に家系が繋がっていることや、石垣島の風土や海や天空を通して生かされていることとを自らの存在全体から感受してしまったのだろう。島からは「孛彗」がよく見えるのだろうが、それゆえに人間は小さな存在で少しの有限な時間しか生きられない宿命であるが、「言い知れぬ」あまたの存在を背負った「時」を生き得る存在であることも告げている。

2

二〇〇一年に刊行し小野十三郎賞を受賞した詩集『夕方村』の中に詩「サラサラ」という忘れがたい詩がある。

サラサラ

姉はねていた／思いきり身をくねらせきつい X 字形の足をして／やっと神経の世界から自由になって／私がはじめてここにねている人を見たのは／祖母である　長い手を組み手の甲には黝《くろ》ずんだ／青い入れ墨　足を三角に立て硬かった／祖父の姿は写真で見ただけ／出発に際して祖父はまだ生まれて五カ月の／赤んぼにすぎない私にむかって／さようならさようならと繰りかえし　その時の／写真が私の見た初めての写真／幼い私にレントゲン写真のように少しずつ／現われるシャレコウベ／父は真っさおな顔でねていた／長い意識の混濁のすえに　突然／「感無量！」さらに大声で「タオルを持ってこい」／大粒の涙をタオルにあてて　次の瞬間／手を落とし　見るみる蒼くなったのだ／母／「長門《ナガジョウ》　門から玄関までの長い道　両脇に組まれた／石垣の裾で小さな葉っぱの芽を小

さなゆびで／ひとつぬきひとつぬき　いくつものたばをきれいに／ならべ　せなかに暖かい春の陽ざし／ワタシはカミの子……」／三歳の記憶を思い出しては／あんなにみんなを笑わせた母も　老い　病み／歪み　ここにねていた／九十三歳まで壮者をしのいだ曾祖母／／息子どもを長竹でたたきしつけ　彼女は／島の役人の最高位・頭《カサ》のむすめであったから／ここにねた時も彫像のような白皙／一方　舟材を求めて深山へ入り三十三歳で／蚊に刺され寒さにふるえこわばった／曾祖父　たたみをはがし水をかけ枕もとでは／泣き声がはじけバンバンと火がたかれ……／久しぶりに帰郷の我家　からっぽになった／広間のまん中　懐かしい白骨が次から次へと湧き／あがり　サラサラと／ひとおどり踊ってはわが名を呼んで消えていく／消えていくその跡に　今一つ／カスミを食って歯の欠けたサラ新品の／漂白非人

帰郷した八重さんの実家の「広間」の「時」が重層的に立ち現れてくる。「広間」は家族の一人ひとりが最期の思いを伝えて、息を引き取った場所なのだ。その一回限りの重厚なドラマが広間の記憶として蘇えってくる。父の「感無量！」「タオル持ってこい」も母の「ワタシはカミの子」もなぜか心に沁みてくる言葉だ。それらの末期の言葉から触発されて父母や親族から育てられた様々な出来事が再現されてくる。手触りのある家族の生と死のドラマは広間という場所があればこそだった。詩「孛彗」の「肉の底　つきあげる血潮を核《たね》に／大空間にひらかれて」中の「大空間」とは、「広間」と呼応しているのかも知れない。また「空間は時間へ帰る」とは、「広間」という空間が家族の「時」として引き継がれていくことなのだろう。八重さんの詩は、家族の末期の言葉やその存在から告げられたことを語り継ごうとしている。その試みは根源的な歴史や文化の伝承とはどういうことなのかという問いを私たちに問いかけてくる。

二〇〇五年に刊行した第五詩集『しらはえ』の中に詩「先生」があり、沖縄戦で生き残った人びとの現実が生徒の視線で描かれている。

先生

私たちの先生には障害者が多かった／片手だけの先生　そでがぶらぶら／ふとももから下がない先生　ズボンがひらひら／けっして足がまがらない先生／歩くときもいつも気をつけ！／季節になると／ほっぺたが赤くふくらみ　しりが大きくなる先生／顔の皮がひきつれて／いつも横っちょをむいていた先生／女の先生は／両手でふくらむほっぺたをおさえつけながら／これはどうしてもこうなるのだから／わらわないでね　と　泣いていた／男の先生は／夜になると小さな宿直室で酒をのみ／センパイ　われわれは／どうすればいいのだ　いったいどうなるのだ／なぜ　こうなったのだ　と　顔をゆがめて泣いていた／（幼いぼくらは何もわからなかったが）／沖縄戦のなれの／はて／若い痛い　無惨な障害者が私たちの先生だった

「沖縄戦のなれの／はて」という言葉は、自嘲的な言葉として受け取るのではなく、本土の日本人は戦争の悲惨さを沖縄人たちが最も背負ってくれたという、沖縄の痛みや沖縄への敬意を抱くべき言葉として思われてならない。その苦悩を背負った存在であった先生たちから八重さんのような沖縄の子供たちは教えられたのだ。一九四二年生まれの八重さんは戦争中の記憶はあるだろうが、最も切実な記憶そんな先生たちが心も身体も戦争によって深く傷ついていて、戦争が人間をいかに傷つけて生涯にわたり苦しめ続けるかという悲劇を感じながら多くを学び成長していったのだろう。当時の沖縄県民の約三分の一に当たる二十三万もの人びとが死亡するということは、生き残った人びとも何らかの障害者になってしまった確率は高いだろう。最終行の「若い　痛い　無惨な障害者が私たちの先生だった」という詩行は、八重さんが見てきた沖縄の戦後の壮絶な平和教育を物語っている。子どもたちに真に戦争のもたらした悲劇を知らせたのは、教師たちの身体を通して生徒の心に刻ませたことなのだろう。本土においても戦後しばらくは、街角にわずかなお金を得るために傷痍軍人がアコーディオンを奏でながら座り込んでいた。その光景は子供ながらに戦争とは残酷なものだと肌で感じさせてくれた。沖縄においては学校そのものが障害者となった教師たちと共に生きる場所であったのだろう。

3

新詩集『日毒』（二十一篇）は、「家族の末期の言葉やその存在から告げられたことを語り継ごう」としてきた八重さんが、高祖父、曾祖父が記した言葉や生き方に歴史を担う最も重要な言葉として「日毒」をテーマにした詩集だ。この「日毒」が孕んでいた恐るべき歴史的現実がこの詩集によって浮き彫りになって来て、日本人の侵略的な暗部が明るみに出され、「燃えあがる倫理！」を突き付けられてくるのだ。

冒頭の詩「闇」はオリオン星座に触れた詩「闇」から始まっていている。その詩は「オリオンよ　あなたは／やさしさ／天体の美しい平和！」で終わっている。けれども詩の途中は輸送機オスプレイが配備され「一晩じゅう寝られなかった」沖縄の闇夜が記されている。

詩「人々」では、「光緒《こうしょ》二年（明治九年・西暦一八七六年）」頃から「明治政府が軍隊何百人かを派遣して琉球国を劫奪しようとしていた」ことを中国の福州の琉球館に伝えた人々がいた。その報告を「只いま島の役人が　君民日毒に遭い困窮の様を目撃　心痛のあまり危険を冒して訴えに来閩《びん》…」と記された。

詩「紙綴《かみつづれ》」では、明治初頭に小さな島の書記であった高祖父が琉球中山王《ちゅうざんおう》に宛てたらしい「紙綴」に〈「日毒」が今やまた新たな姿となって我々に浸み込んでくる惧れがある〉との危惧を記していた。また〈我が島は酷《むご》い人頭税を課された　従って島人は王府滅亡に依り「琉毒」から脱れられるとも思ったが　姿を変えたもっと悪性の鴆毒《ちんどく》が流れ込んできただけであった〉と当時の石垣島の役人であった八重さんの先祖から見れば、日本は羽を浸して飲めば死ぬ毒鳥と喩えられていたのだ。しかしそれは過去の話ではなく八重さんたち今の沖縄の民衆にして見れば、東村高江にオスプレイを押し付け、神聖な海を抱えた辺野古を基地化しようとする日本政府やそれを肯定する日本人は、極端に喩えれば今も沖縄に毒を振りまき、「日毒」のＤＮＡを露わにして、沖縄を汚し隷属させようとする存在なのだろう。

詩「日毒」では、高祖父が恐れた「日毒」が「大東亜戦争　太平洋戦争／三百万の日本人を死に追いやり／二千万のアジア人をなぶり殺し　それを／みな忘れるという／意志意識的記憶喪失／そのおぞましさ　えげつなさ　そのどす黒い／狂気の恐怖」となって再び顔をもたげていることを指摘している。

詩「手文庫」では、見せしめのために「祖母の父は毎日毎日ゴーモンを受けていた」と祖母から八重さんは聞かされていたそうだ。その祖母の父の「手文庫」の中には〈茶褐色の色紙が一枚　「日毒」と血書されていたという〉。

最後に沖縄周辺が戦場となる可能性を米軍の資料及び防衛省の海峡封鎖作戦などを基にして、その危機を確信した予言的な詩「山桜」の前半部を少し長いが引用したい。これは第二詩集の詩「孛彗《はいすい》」の詩行「予言によって俺がこの世に言いたかったこと」の具体的な一つなのであろう。このまま軍拡を続けていけば、日本、アメリカ、中国が巻き起こす近未来の戦争をリアルに幻視している。

山桜

——敷島の大和心を人問はば朝日に匂ふ山桜花——

沖縄島《じま》中部
平和市《うるま》にある米軍キャンプ・コートニーの一場面
床には部屋いっぱいに石垣島　西表島　宮古島　その他辺りの島々の
大きな地図が広げられ
ぐるりを米軍海兵隊　日本自衛隊幹部が
あの迷彩色の軍服に身を固めらんらんと眼を光らせて取りまいている
指揮官とおぼしき丈《たけ》高い一人がピッタリ履いた軍靴を鳴らし　地図の上を
何かを説明しながら得意然と鋭い動きであちらこちら歩いている
日米共同方面隊ヤマザクラ　YS-71 の演習の戦闘予行

米軍は対中国戦争の詳細を念入りに吟味し
その結果は第三次世界大戦核戦争勃発　両国国民殆ど死滅との認識に至り
あまりにも犠牲が大きく　しかも勝敗さえ定かならず　と
今は地域限定戦争の研究にひたすら夢中

中国対その周辺の国々　例えば
中国対韓国　中国対日本　中国対台湾
中国対フィリッピン　中国対……
その作戦は言わずと知れた米軍得意のオフショアー・バランシング（沖合作戦）
ある敵への直接攻撃はせずに　その敵の敵を探り出し
その勢力に武器　弾薬　謀略　資金を大量に投入し肩入れし
敵と敵とを沖合において戦わせ　自軍は戦場から遠く離れた穏やかな海岸で
いながらにして利益と安全を手に入れるという実に狡い旨《うま》い作戦
ホメイニのイラン革命にイラクのフセインを対抗させ
八年間も苛々《いらいら》とイライラ戦争を継続し　その間　思いがけなく
そのフセインが怪物化すると　直《ただ》ちに湾岸戦争　よってたかってフセインを潰し
アフガニスタンへのソ連侵攻に対してはビンラディン率いるアルカイダぶっつけ
アフガン戦争をはなばなしく展開
垂れ流される豊富な資金と次々手渡される最新兵器で
ビンラディンが勝ち続け強大化するとすかさず彼を砂漠の果てまで追い廻し
ついに発見急襲し　さあ　これまでと確実に暗殺する
アメリカは二十年以上も戦争ばかりでそれでも懲《こ》りず
（何しろ利益と安全　死ぬのは貧乏人階層出身の哀れな兵士たちのみ）

（軍事費いよいよ増大し　笑いがこぼれてたまらない）

さて今度はおこぼれ目当ての自発的対米従属国家
サクラ咲く美しい日本国を嗾《そそのか》し
秘密保護法可決（させ）　集団的自衛権を解釈改憲（させ）
安保法制・戦争法案二十本をひと束にして可決成立（させ）
武器三原則を撤廃（させ）　防衛予算を異次元的に増大化（させ）
パック・スリー　オスプレイ初め何千億円分の武器兵器を購入（させ）
米軍ついに発動　オフショア・バランシング（沖合作戦）
日本対中国との対決を執拗に迫る

徹底的に自発的対米従属国家サクラ咲く美しい日本国
アメリカという騎士に乗られてよく走る馬
鞭打たれれば打たれるほど勢いつけてよく走る馬　しかしその狡さは親分勝《まさ》り
己《おの》れは決して損しないその原則をたちまちコピー　日本式沖合作戦をひねり出す
それは簡単　それこそ
与那国島　石垣島　宮古島　沖縄島　奄美島　旧琉球域
今はその名も南西諸島　日本ではあるが

日本ではない場所　ここを沖合と苦もなく即決
（こんなところは　戦争以外に使う価値ない）
（住民たちが死のうが生きようが　そんなことは知ったことか）　そしてそれを
うやうやしく米軍にたてまつる
七十年経ってもまるであの天皇メッセージそっくりそのまま
日毒ここに極まれり
（その腹中はどんなに他人を犠牲にしても　自分だけは生き残る）
（血の色の大輪咲かせ己れだけは生き残る）
日毒ここに極まれり

戦場は決まった
あの海域や島々でいかに激しい戦闘があっても　この日本　色かえて
美しい山桜咲く　そのサクラ花弁《はなびら》一片《ひとひら》も散らないよ　戦場から遠く離れた
なだらかな入江重なる沿岸地域　日本国へは決して被害は及ばない
及ばないよう戦場をひたすらあの島々へ局限する
局限するには狡知極まる奸計必要
まずこの狭い戦場にのみ中国をひっぱり出すには尖閣列島が最もいいカモ
生餌《いきえ》だ　撒餌《まきえ》だ　それはすでに用意周到　尖閣問題棚上げ無視し厚顔無知の

無責任心臓が尖閣購入ぶち上げて　日本国中皆国士ぶり
あわてふためき日本国家の尖閣購入　これで尖閣は豊か安全　生活の海から
国家を担《かつ》がされ　危険水域へとなり果てる　そして次に　次々に
抑止力と称して各離島離島にミサイル配備　その照準を中国にきっちり定める
それは実は敵攻撃を真正面に引き受けようと誘導集中するための巨大標的
（抑止力とはまっ赤ないつわり）
島の人間どもには「お前たちを守るのだ」「悪いのは侵略中国」と煽りたてよう
単純な魯鈍ぞろいの細い目のケチな奴らに何が見えるか　少し何かの匂いを嗅《か》がせ
キンキラキンの大義名分チラつかせ
「捨て石になれ　防壁となれ」「今に敵が攻めてくる　それを止めるのは君達だけだ」
と
言いふくめ我々の手先に育てよう
（我々がアメリカに懐柔されたように）
（我々がよく躾けられ千里を走る馬となったように）
あいつらを天の頂上までおだてあげ単純無類の型に嵌め込み
思考停止　万里の直線を走らせよう
そのカラクリに気付いた奴は　銃剣突きつけ
「生贄《にえ》となれ」「犠牲となれ」「人間裸かの楯となれ」次から次と脅迫しよう

絶対抑止力（実は巨大誘導標的）高々掲げ島々に配備した自衛隊基地の
その後ろに米軍はひっそり隠れ顔かくし　だが
指揮権はがっしり握って（自分たちだけの退避手段は誰にも明かさず万全確実）
この戦略体制を一日も早く構築し切れ目なき標的配置
南西諸島を戦場とする地域限定戦争を今すぐにでも始めよう
（ヒヒヒ　日本も中国も死力を尽して衰退するさ
これがわがアメリカ軍の最大利益……）

（略）

八重さんは、詩「詩表現自戒十戒―守られたことのない―」の最後の十で、「詩とは一滴の血も流さず世界を変えること。即ち、人々の感性にしみ入りその人格をゆさぶり、そのことによって社会と世界を変革する。その覚悟と使命感を持て！」と語っている。この詩論を実践した詩がこの「山桜」であるだろう。この石垣島から世界を俯瞰する詩の力を八重さんは発し続けている。日本人は「日毒」を葬り去ることはできないのだろうか。戦後の七十年の平和憲法の歴史においても沖縄は除外された。日本人は沖縄に押しつけてきた悪しきＤＮＡの歴史を自覚すべきであり、それを葬り去ることによって始めて基本的人権に基づいた国に生まれ変わることを八重さんは願っているのだろう。そんな八重さんの重たい問いに多くの日本人は当事者として答えなければならない時が迫っている。

あとがき

あとがき

本来なら「日毒」という言葉は、はるか以前に歴史の彼方に消え去っているべきであった。しかし今なおこの言葉は強いリアリティーを持っており、そのこと自体が現在を鋭く突き刺す。いかにしてこの言葉を昇天させるか、我々の重い課題であろう。そしてそれは必ず果たされなければならない。

さてこの度《たび》、本詩集の出版を強く勧められ、また解説の労をお取りくださったコールサック社の鈴木比佐雄代表に甚深の感謝を申しあげたい。ありがたいことに氏は昨年（二〇一六年二月）沖縄・那覇市で開催された日本現代詩人会における私の講演を注意深くお聴きくださっていたのである。

二〇一七年二月　八重洋一郎

著者略歴

八重　洋一郎（やえ　よういちろう）

一九四二年　石垣市生まれ。
東京都立大学哲学科卒業。

詩　集
一九七二年『素猫』
一九八四年『孛彗《はいすい》』第九回山之口貘賞
一九九〇年『青雲母』
二〇〇一年『夕方村』第三回小野十三郎賞
二〇〇五年『しらはえ』
二〇〇七年『トポロジィー』

二〇〇八年『八重洋一郎詩集』
二〇一〇年『白い声』
二〇一二年『沖縄料理考』
二〇一四年『木洩陽《こもれび》日蝕《にっしょく》』
二〇一七年『日毒』

エッセイ　一九七六年『記憶とさざ波』
二〇〇四年『若夏の独奏《ソロ》』

詩論集　二〇一二年『詩学・解析ノート　わがユリイカ』
二〇一五年『太陽帆走』

現住所　〒九〇七-〇〇二三　石垣市石垣二五九

石炭袋

八重洋一郎詩集『日毒』

2017年5月3日　初版発行
2019年7月26日 第2刷
著　者　八重洋一郎
編集・発行者　鈴木比佐雄

発行所　株式会社 コールサック社
〒173-0004　東京都板橋区板橋 2-63-4-209
電話 03-5944-3258　FAX 03-5944-3238
suzuki@coal-sack.com　http://www.coal-sack.com

郵便振替　00180-4-741802
印刷管理　（株）コールサック社　製作部

装丁　奥川はるみ

落丁本・乱丁本はお取り替えいたします。
ISBN978-4-86435-288-8　C1092　￥1500E